MISSION : ADOPTION

BABETTE

MISSION : ADOPTION

Fais connaissance avec les chiots
de la collection *Mission : Adoption*

MISSION : ADOPTION

BABETTE

ELLEN
MILES

Texte français de Martine Faubert

Éditions
SCHOLASTIC

À Kailyn et Maxx

Catalogage avant publication de Bibliothèque et Archives Canada

Miles, Ellen

Babette / Ellen Miles ; texte français de Martine Faubert.

(Mission, adoption)
Traduction de: Bella.
Pour les 7-10 ans.

ISBN 978-1-4431-2015-9

I. Faubert, Martine II. Titre.
III. Collection: Miles, Ellen. Mission, adoption.

PZ26.3.M545Bab 2012   j813'.6   C2012-906302-9

Illustration de la couverture : Tim O'Brien
Conception graphique de la couverture originale : Steve Scott

Édition publiée par les Éditions Scholastic,
604, rue King Ouest, Toronto (Ontario) M5V 1E1.

5 4 3 2 1   Imprimé au Canada 121   12 13 14 15 16

Préservons notre environnement

PROTÉGEONS NOS FORÊTS

Scholastic Canada a choisi d'imprimer les pages de ce livre sur du papier recyclé et a
réduit sa consommation de ressources[1] et sa pollution[1] dans les mesures suivantes :

	énergie	eau	gaz à effet de serre	déchets solides
arbres de nos forêts ont été sauvés.	12 millions de BTU	47,370 litres	1,047 kg	380 kg

Imprimé par **Webcom Inc.** sur du papier
Legacy Hi-Bulk White 100% à contenu postconsommation de 100 %.

FSC
www.fsc.org
MIXTE
Papier issu
de sources
responsables
FSC® C004071

[1]L'estimation des effets sur l'environnement a été faite au moyen du calculateur «Environmental Defense Paper Calculator».

CHAPITRE UN

— *Bonne fête Maria, bonne fête Maria...* chantaient en chœur Rosalie et les autres enfants.

Rosalie fit un sourire complice à son amie. Les invités au goûter d'anniversaire étaient nombreux : presque toute la classe de 4e année était là. Mais tout le monde savait que Rosalie Fortin et Maria Santiago étaient les meilleures amies du monde. En classe, elles s'asseyaient ensemble; à la récréation elles jouaient dans la même équipe de kickball; et à midi, elles dînaient toujours à la même table. Leur couleur préférée était la même (le violet) et leur chiffre chanceux aussi (le huit). Toutes deux adoraient la crème glacée marbrée au chocolat, les chaussettes amusantes, les tempêtes de neige et la lecture.

Mais surtout, Rosalie et Maria adoraient les animaux. Maria avait donc décidé d'organiser son goûter d'anniversaire aux Quatre Pattes, le refuge pour animaux où elle faisait du bénévolat avec Rosalie. Celle-ci en avait eu l'idée. Elle avait lu quelque part qu'un garçon avait célébré sa fête au refuge et elle avait trouvé ça formidable.

— Au lieu d'apporter des cadeaux, chacun fait un don pour les animaux, avait-elle expliqué à Maria.

Au début, Maria n'était pas certaine d'en avoir envie.

— Pourquoi ne le fais-tu pas pour ton anniversaire? avait-elle demandé à Rosalie.

— Bien sûr, mais ce ne sera pas avant plusieurs mois, tandis que le tien arrive bientôt. Je sais qu'il tombe un lundi, mais nous pouvons organiser la fête le samedi. Allez! On s'amusera bien! On pourra jouer à des jeux ayant pour thème les animaux, décorer la salle de réunion avec des traces de pas de chiens de toutes les couleurs, faire un gâteau en forme d'os et plein d'autres choses.

Rosalie avait toujours une foule d'idées en tête et savait être très convaincante.

— En plus, ce serait une activité formidable pour le club Les amis des animaux, avait-elle poursuivi. Pense à tous les dons que tu vas recueillir pour le refuge. Mme Daigle sera ravie.

Mme Daigle était la directrice du refuge. Rosalie avait fondé le club Les amis des animaux, et Maria avait été la première à s'inscrire. Les membres du club étaient des enfants qui aimaient les animaux et qui voulaient les aider.

De tous les animaux, Maria préférait les chevaux. Elle adorait monter et passait beaucoup de temps à l'écurie. Rosalie l'avait accompagnée quelques fois et avait pris des leçons d'équitation pendant quelque temps. Mais elle n'avait jamais réussi à aimer les chevaux autant que les chiens.

Rosalie adorait, mais adorait vraiment les chiens.

On pouvait même dire que Rosalie était folle des chiens.

Elle collectionnait les bibelots en forme de chien. Elle avait une bibliothèque complète de livres sur les chiens et sur leur dressage. Dans sa chambre au-dessus de son lit, il y avait une affiche intitulée « Les races de chiens dans le monde ». Et surtout, elle avait un chien bien à elle : Biscuit, le chiot le plus mignon de toute l'histoire de l'univers. Biscuit était doux, gentil et enjoué. Il était roux, de taille moyenne, avec une tache blanche en forme de cœur sur la poitrine. Rosalie l'adorait. Le reste de la famille aussi : sa mère, son père et ses jeunes frères, Charles et le Haricot (Adam, de son vrai nom).

Les Fortin avaient connu Biscuit quand ils l'avaient accueilli temporairement avec sa mère et ses deux sœurs. Ils avaient déjà hébergé de nombreux chiots ayant besoin d'un foyer et en avaient pris soin en attendant de trouver la famille idéale pour chacun d'entre eux. Mais ils avaient tous craqué pour Biscuit. Ils avaient donc décidé de le garder.

Maria aussi avait un chien. Ou plutôt sa mère, qui était aveugle, en avait un : Simba, un grand labrador blond qui la guidait. Avec lui, Mme Santiago pouvait traverser la rue, faire ses emplettes, se promener en forêt, etc. Simba était un chien de travail, mais il était gentil et intelligent. D'ailleurs, il était présent à la fête de Maria, au refuge. Justement, il était en train d'aider Mme Santiago à apporter le gâteau au chocolat en forme d'os jusqu'à la table pendant que tout le monde chantait.

Maria ferma les yeux, fit un souhait (Rosalie savait que c'était d'avoir un cheval bien à elle) et souffla les bougies. Elle était sur le point de couper le gâteau quand Mme Daigle ouvrit la porte et passa la tête dans l'embrasure.

— Je vois que vous vous amusez bien, dit-elle avec un grand sourire. Je tenais à vous remercier pour vos dons. Les animaux et moi-même apprécions beaucoup votre générosité.

De la main, elle indiqua un coin de la pièce occupé par la grosse pile des dons déposés là par les invités.

En regardant la pile, Rosalie fut remplie de fierté. À l'avant, il y avait l'énorme sac de nourriture pour chiens de 23 kilos, que sa mère et elle avaient apporté, et le panier de transport pour chat de Béatrice. Daphné avait donné des jouets tout neufs pour les chiens. Tristan avait économisé son argent de poche pour acheter dix laisses et colliers. Jérémie et Daniel avaient contribué tous les deux à l'achat d'un griffoir. Enfin, Maïa et son père avaient apporté cinq caisses de boîtes de nourriture pour chats.

— Un merci tout spécial à Maria pour avoir organisé sa fête au refuge, ajouta Mme Daigle. La plupart des enfants préfèrent recevoir des cadeaux pour eux-mêmes. Aujourd'hui, vous avez montré que vous aimez vraiment les animaux.

— J'aime quand même recevoir des cadeaux, dit Maria en souriant. Ma famille va m'en offrir.

Rosalie savait aussi que Maria allait recevoir de très jolies chaussettes rayées mauve et vert. Elle les avait achetées la veille, avec une autre paire identique pour elle-même. Elle allait les donner à Maria lundi, le vrai jour de son anniversaire.

— Mme Daigle! Mme Daigle! cria quelqu'un depuis la réception. Elle est là!

— Oups! Je dois y aller, dit Mme Daigle. Nous avons une urgence. Mais amusez-vous bien et réservez-moi une part de gâteau!

Rosalie se demanda ce qui se passait. De quel genre d'urgence s'agissait-il? Était-ce un animal malade?

« Elle est là » voulait peut-être dire que la vétérinaire, Catherine Demers, était arrivée. Ou c'était peut-être Yann, le plombier, parce que le drain d'une baignoire à chiens était bouché, une fois de plus. Ou encore, un chat qui s'était échappé de la chatterie et qu'on avait rattrapé devant le bureau de la réception. Devait-elle aller les aider?

Non. Mme Daigle semblait avoir la situation bien en main. Rosalie ramena son attention à la fête. Après la chanson et le gâteau, il y aurait les jeux. Rosalie attendait avec impatience la chasse au trésor sur le thème des animaux qu'elle avait organisée avec Maria.

Après la fête, M. Santiago vint chercher Maria et sa mère, et les conduisit chez les grands-parents de la fillette pour un souper d'anniversaire. Rosalie put enfin demander à Mme Daigle ce qui se passait.

— De quel genre d'urgence s'agit-il? dit-elle.

— Nous venons d'accueillir une pensionnaire très spéciale, répondit Mme Daigle.

Elle entrouvrit la porte de son bureau pour que Rosalie puisse y jeter un coup d'œil.

— Chut! dit Mme Daigle en posant son doigt sur ses lèvres. Elle dort.

Rosalie ne comprit pas tout de suite de qui Mme Daigle parlait. Puis elle l'aperçut.

— Oh! Elle est minuscule! chuchota-t-elle.

Sous le bureau de Mme Daigle, un tout petit chiot dormait, roulé en boule sur une vieille serviette déposée au fond d'une boîte à chaussures.

CHAPITRE DEUX

Rosalie et Mme Daigle se glissèrent dans le bureau sans faire de bruit. Rosalie s'agenouilla pour regarder de plus près le chiot. Mme Daigle avait installé une lampe au-dessus, afin de tenir la petite chienne au chaud. Celle-ci, sans se réveiller, s'étira et se tortilla sous la lumière dorée. Elle ouvrit sa petite bouche et bâilla, laissant voir l'intérieur tout rose. Rosalie sentit son cœur chavirer. La petite chienne mesurait moins de dix centimètres. Elle était blanche avec quelques taches orangées, semblables à des taches de rousseur. Le bout de son nez était rose, tout comme le dessous de ses pattes. Ses oreilles tombantes n'étaient pas plus grandes que l'ongle du petit doigt de Rosalie.

Puis le chiot rouvrit la bouche et fit un petit cri semblable au miaulement d'un chaton.

— Oh! s'exclama Rosalie.

La petite chienne leva la tête pour la regarder de ses yeux d'un bleu laiteux. Elle ne semblait pas voir très clairement.

— Oh! Ses yeux sont à peine ouverts, dit Rosalie qui voulait la flatter avec son doigt, mais craignait de lui faire mal. Quel âge a-t-elle?

— Un peu moins de quatre semaines, dit Mme Daigle.

— Où est sa maman? demanda Rosalie.

Elle savait qu'un chiot avait besoin de sa mère. Il lui fallait son lait, sa chaleur et ses soins.

— Elle n'a ni sœurs ni frères? dit encore Rosalie.

— Sa mère est très malade, expliqua Mme Daigle en s'asseyant par terre à côté de Rosalie. C'est pour cette raison qu'elle est ici. Juste avant que la fête de Maria ne commence, j'ai reçu un appel de ma grande amie Alexandra qui habite à environ deux heures de Saint-Jean. Sissi, sa chienne cocker, a eu une portée. Mais elle est tombée malade avant la naissance et n'est pas encore assez rétablie pour s'occuper de ses petits.

Mme Daigle fit une pause et regarda Rosalie d'un air grave.

— Sissi a eu cinq chiots, poursuivit-elle. Cette femelle et quatre mâles qui ne s'en sont pas sortis.

— Vous voulez dire qu'ils sont... morts? dit Rosalie, horrifiée.

Les malheureux! pensa-t-elle. *Et la pauvre petite, maintenant seule au monde, loin de sa maman et sans ses petits frères.*

— C'est si triste! dit Mme Daigle en hochant la tête. Alexandra pensait que Sissi finirait par aller mieux. Effectivement, elle commence à remonter la pente. Mais elle n'a pas encore la force de s'occuper de la seule survivante. Ni Alexandra, car elle passe tout son temps à prendre soin de Sissi.

Rosalie regarda la petite chienne. Elle ne ressemblait pas du tout aux cockers de son affiche des races de chiens dans le monde, avec leurs longues oreilles frangées de poils soyeux et leurs adorables frimousses. Elle ressemblait plutôt à un hamster. À un hamster malade, en plus!

— La pauvre petite! dit-elle.

— Je sais, renchérit Mme Daigle. Quand Alexandra m'a appelée pour me demander de l'aider, j'ai accepté de la prendre. Comment refuser? Une de ses amies l'a amené en auto et m'a appris à préparer le lait maternisé pour chiots.

Elle montra à Rosalie un biberon rempli d'un liquide blanc.

— C'est un mélange de lait de chèvre et d'œufs crus, dit-elle. Et d'autres choses encore. À cet âge, un chiot doit manger toutes les trois ou quatre heures. Peut-être même plus souvent, dans ce cas-ci, car elle ne grandit pas assez vite.

— Elle est vraiment très petite, dit Rosalie.

Elle fixa son regard sur le chiot, remplie d'un sentiment étrange, mêlé d'amour et de crainte. Ce petit être était si vulnérable!

Mme Daigle hocha la tête.

— Son départ dans la vie a été difficile, fit-elle remarquer. Et elle n'est pas très forte.

— Comment s'appelle-t-elle? demanda Rosalie.

— On ne lui a pas encore donné de nom, dit Mme Daigle en tendant le doigt pour flatter le minuscule chiot. Alexandra a préféré attendre de voir si elle s'en sortirait.

— S'en sortirait? répéta Rosalie qui avait la gorge serrée. Vous voulez dire...

— J'aime autant te prévenir, Rosalie, dit Mme Daigle. Elle ne s'en sortira peut-être pas. Normalement, un chiot de quatre semaines peut survivre sans sa maman, à condition qu'un humain en prenne bien soin. Mais comme Sissi est malade depuis sa naissance, ce chiot n'a pas pris un bon départ dans la vie.

Rosalie avait la gorge encore plus serrée, et ses yeux picotaient.

— Mais vous allez en prendre soin, n'est-ce pas? dit Rosalie.

— Je ferai tout mon possible, répondit Mme Daigle en se relevant et en secouant la poussière de ses mains. Maintenant, il faut l'installer. Les employés s'occuperont de fermer le refuge aujourd'hui. Je vais chercher ce qu'il faut pour son biberon. Peux-tu apporter la boîte jusqu'à ma voiture?

— Moi? s'étonna Rosalie.

Elle connaissait mille choses sur les races de chiens, le dressage et les soins à leur donner. Pourtant, à voir ce petit chiot, elle se sentait totalement ignorante. Elle n'était pas certaine de pouvoir transporter la boîte sans la laisser tomber par terre ou faire de mal au chiot qui était dedans.

— Oui, toi, dit Mme Daigle en souriant. Tu vas très bien t'en tirer.

Mme Daigle recouvrit la boîte avec une autre serviette pour que le chiot reste au chaud, puis elle la souleva et la tendit à Rosalie.

— Suis-moi, dit-elle.

Rosalie lui emboîta le pas en tenant la boîte avec précaution. Elle n'était pas lourde. *Sans doute moins lourde que mon manuel de maths,* se dit Rosalie. Elle sentit un mouvement à l'intérieur. Le chiot devait se tortiller. Dehors, dans le stationnement, elle écouta les consignes de Mme Daigle et déposa la boîte délicatement sur le siège arrière.

— Très bien, Rosalie, dit Mme Daigle. Merci beaucoup. Je te donnerai de ses nouvelles.

Rosalie regarda la voiture s'éloigner. Sa mère, Mme Fortin, arriva un instant plus tard pour la ramener à la maison. Rosalie éclata en sanglots.

Mme Fortin sortit aussitôt de la voiture.

— Que se passe-t-il, ma chérie? lui demanda-t-elle en la serrant dans ses bras. La fête ne s'est pas bien passée?

Le visage enfoui dans la douce chaleur du chandail de sa mère, Rosalie se mit à pleurer encore plus fort. Quand elle put parler de nouveau, elle lui raconta l'histoire de la petite chienne.

— Oh! Mon trésor! dit Mme Fortin en serrant Rosalie encore plus fort. C'est si triste! J'ai une idée : tu pourrais m'aider à la cuisine, cet après-midi. Nous allons faire l'épicerie, puis nous cuisinerons ensemble. Ça t'aidera à ne pas penser à ce chiot.

Rosalie accompagna sa mère à l'épicerie. De retour à la maison, elle l'aida à ranger les achats. Puis elles rassemblèrent tout ce qu'il fallait pour faire des lasagnes.

— Je vais en faire deux platées : une pour nous et l'autre pour nos nouveaux voisins, dit Mme Fortin. Le camion de déménagement est arrivé un peu plus tôt aujourd'hui, et maintenant leur auto est stationnée dans l'entrée de garage. Je suis sûre qu'ils vont apprécier un bon repas tout prêt en guise de cadeau de bienvenue.

Normalement, Rosalie aurait été curieuse de savoir qui venait d'emménager dans la maison d'à côté, si proche qu'on pouvait se voir d'une cuisine à l'autre. Mais aujourd'hui, elle n'y trouvait aucun intérêt.

— D'accord, dit Rosalie.

La suggestion de sa mère pour lui changer les idées ne fut pas très efficace. Elle brassa la sauce tomate, râpa du fromage et disposa les lasagnes dans les deux plats. Mais elle n'arrêta pas de penser à la petite chienne qui était arrivée chez Mme Daigle. Que faisait-elle en ce moment? Acceptait-elle d'être nourrie au biberon? Était-elle bien au chaud? Rosalie faillit se remettre à pleurer en pensant à la pauvre petite qui devait s'ennuyer de sa maman et de ses frères.

Quand les lasagnes furent prêtes, Mme Fortin les couvrit d'un papier d'aluminium et déposa une note dessus : *Faire cuire à 350 °F pendant 1 heure ou jusqu'à ce que le fromage soit bien fondu et commence à roussir. Bienvenue dans notre quartier!* Puis elle demanda à Rosalie d'aller porter le plat chez les voisins pendant qu'elle-même rangerait la cuisine.

Rosalie obéit. Arrivée chez les voisins, elle frappa à la porte d'entrée. Personne. Elle attendit quelques minutes et frappa de nouveau. Pas un bruit. La maison semblait vide. Elle se demandait quoi faire. Puis elle décida de déposer le plat sur le petit banc qui était sur le perron, en se disant que quelqu'un rentrerait bientôt.

En revenant, elle trouva sa mère debout, au beau milieu de la cuisine. Celle-ci semblait bouleversée.

— Qu'y a-t-il? demanda Rosalie d'un ton inquiet. Maman! Il est arrivé quelque chose? La petite chienne est morte?

Mme Fortin fit non de la tête. Rosalie se sentit soulagée.

— Mais elle ne va pas bien, dit Mme Fortin. Mme Daigle vient de téléphoner. La petite chienne a du mal à apprendre à boire au biberon. Mme Daigle a appelé la vétérinaire. Mais elle voulait que tu saches au plus tôt que la petite chienne ne survivra peut-être pas.

CHAPITRE TROIS

Rosalie avait la gorge serrée. Pauvre petite chienne! Elle avait d'abord perdu ses frères, puis sa mère était trop malade pour prendre soin d'elle et, maintenant, elle allait peut-être... Rosalie ne voulait même pas y penser. C'était injuste. C'était totalement injuste!

— Désolée, ma chouette, dit Mme Fortin en lui frottant le dos. Elle arrivera peut-être à s'en sortir quand même. Il ne faut pas désespérer.

— Mme Daigle doit être vraiment très inquiète, dit Rosalie.

— En effet, dit Mme Fortin en hochant la tête. Je suppose que tu aimerais lui parler, mais

22

attends demain matin. Elle a déjà assez à faire pour essayer de garder ce chiot en vie.

En apprenant la mauvaise nouvelle, Charles et le Haricot furent bouleversés, eux aussi, même s'ils n'avaient jamais vu ce chiot. Et Rosalie sentait bien que son père était inquiet. Au souper, tandis que chacun mangeait ses lasagnes du bout des lèvres (tout le monde semblait avoir perdu l'appétit), M. Fortin leur parla du premier animal domestique qu'il avait eu, une tortue prénommée Farfadette.

— J'adorais Farfadette, raconta-t-il. Je pouvais la garder pendant des heures au creux de ma main, à lui faire manger de la salade et à caresser sa petite carapace.

Rosalie n'avait pas de penchant particulier pour les tortues, mais elle voyait bien que son père avait été très attaché à Farfadette.

— Que lui est-il arrivé? demanda-t-elle.

— Un matin, je suis allé la chercher dans son bocal. Elle ne bougeait pas et je ne comprenais pas pourquoi. Alors mon père m'a expliqué que Farfadette ne bougerait plus jamais. D'abord, je n'ai pas voulu le croire. Puis j'ai eu beaucoup de chagrin.

M. Fortin avait d'ailleurs l'air triste en évoquant ce souvenir.

Rosalie alla le retrouver pour lui faire un câlin.

— Je suis désolée papa, dit-elle.

Charles et le Haricot se levèrent eux aussi pour aller lui faire un câlin. Et Biscuit s'assit et posa la patte sur le genou de M. Fortin, qui finit par retrouver son sourire.

Ce soir-là, Rosalie ne dormit pas bien du tout. Elle n'arrêtait pas de se retourner dans son lit en se demandant si le chiot allait survivre. Quand elle se leva, les fenêtres de sa chambre étaient baignées de lumière. Il était déjà tard!

Elle enfila un chandail par-dessus son pyjama et dévala l'escalier.

— Est-ce qu'on peut appeler Mme Daigle? demanda-t-elle à sa mère avant même de lui dire bonjour.

— Je lui ai déjà parlé, répondit Mme Fortin en posant le journal qu'elle était en train de lire.

Rosalie ferma les yeux en serrant les paupières, retint son souffle et croisa les doigts.

— La petite chienne a passé la nuit, annonça Mme Fortin.

Rosalie rouvrit les yeux et lâcha un gros soupir de soulagement.

— Elle va même déjà mieux, ajouta Mme Fortin en souriant à sa fille. La vétérinaire, D^{re} Demers, a montré à Mme Daigle comment lui donner le biberon et elle s'est mise à manger et à manger... toutes les deux heures!

Mme Fortin repoussa sa chaise et se leva pour aller chercher du café.

e Demers a dit que, souvent, les chiots

.ent très vite des forces quand ils se

mettent à bien manger.

— Oh! Maman, elle s'en est sortie! s'exclama

Rosalie en se jetant au cou de sa mère.

— Tu étais vraiment inquiète, n'est-ce pas? dit

Mme Fortin.

Rosalie hocha la tête.

— Pouvons-nous aller la voir aujourd'hui?

demanda-t-elle.

— C'est que... il y a une deuxième nouvelle,

dit Mme Fortin. Au téléphone, Mme Daigle m'a

dit que, de toute évidence, elle ne pouvait pas

prendre soin de ce chiot nouveau-né en plus de

son travail habituel. Elle a passé presque toute la

nuit debout et elle est épuisée.

— Que va-t-il lui arriver, alors? dit Rosalie en

s'éloignant un peu de sa mère pour la regarder

dans les yeux.

Mme Fortin posa ses mains sur les épaules de Rosalie et lui sourit :

— Nous allons la prendre chez nous.

Rosalie fixa sa mère, incapable d'articuler un seul son.

— Nous pouvons nous partager la tâche, ajouta Mme Fortin. C'est trop pour une seule personne. Mais si ton père, Charles, toi et moi nous en occupons à tour de rôle, nous devrions y arriver. Qu'en penses-tu?

— Je pense... Je pense que c'est génial! finit par dire Rosalie, en se remettant de sa surprise.

Elle était vraiment étonnée que sa mère ait accepté d'accueillir la petite chienne. Prendre soin d'un si jeune chiot allait être une expérience toute nouvelle. Rosalie était à la fois excitée et effrayée. Les chiots qu'ils avaient accueillis auparavant leur avaient parfois posé des défis. Mais, dans la plupart des cas, l'expérience avait été agréable. Cette fois-ci, c'était différent.

Prendre soin d'un nouveau-né était une grosse responsabilité. Et si la petite chienne mourait, comme ses frères?

Quand Mme Daigle arriva avec le chiot, Rosalie n'eut pas le temps de s'inquiéter. Il y avait tant de choses à apprendre : préparer le lait maternisé et le chauffer à la température voulue; faire des petits trous de la bonne grosseur dans la tétine du biberon; garder la boîte de la petite chienne toujours propre en changeant souvent le papier journal; et lui faire sa toilette avec une lingette humide. Sans oublier de lui installer une lampe et une bouillotte pour qu'elle ait chaud, mais pas *trop*, et de lui préparer une bouillie en faisant tremper des croquettes pour chiots dans un peu d'eau. Mme Daigle appelait cela de la « pâtée ». Mme Fortin et Rosalie devaient commencer à en donner à la petite chienne. Chaque jour, il faudrait lui donner un peu plus de pâtée et un peu moins de lait. On appelait cela le sevrage. Si tout se passait bien, elle n'aurait bientôt plus besoin du biberon. Mme Daigle expliqua tout ce qu'il fallait faire à Mme Fortin et à Rosalie. (M. Fortin était parti pour la journée avec Charles et le Haricot afin que la maison soit plus calme à l'arrivée de la petite chienne.)

Celle-ci semblait aller vraiment beaucoup mieux. Elle avait le ventre rebondi et semblait même avoir grandi depuis que Rosalie l'avait vue, il y avait moins de 24 heures. Elle pleurait beaucoup, probablement parce qu'elle s'ennuyait de sa maman et de ses frères. Par contre, elle se déplaçait un peu plus en titubant sur ses pattes et en dressant sa petite queue en l'air.

— Ne te gêne pas pour la prendre, dit Mme Daigle à Rosalie. C'est bon pour elle.

— Vraiment? demanda Rosalie, hésitante.

Elle n'avait pourtant jamais eu peur de prendre un chiot dans ses bras auparavant. Tout doucement et très délicatement, elle souleva la petite chienne et la serra contre elle. Elle entendait son petit cœur qui battait très fort.

— Tout va bien, ma puce, murmura Rosalie. Tout va bien.

Elle sentit son cœur fondre de tendresse pour cette minuscule créature, toute seule au monde. La petite chienne se pelotonna contre Rosalie.

Je me sens si bien tout contre toi.

— Vous savez? dit Mme Daigle en souriant devant le spectacle du chiot blotti contre Rosalie, je crois qu'il est temps de lui donner un nom.

— C'est vrai? dit Rosalie en levant les yeux. Vous en êtes certaine?

Cela voulait dire que Mme Daigle pensait que la petite chienne ne mourrait pas.

— Selon D^{re} Demers, elle a de bonnes chances de bien se porter à partir de maintenant, déclara Mme Daigle. Surtout avec vos bons soins!

Le chiot se frotta la tête contre la poitrine de Rosalie, poussa un petit soupir et tomba endormi.

— Bonne chienne, Babette, dit Rosalie.

Babette : le nom parfait pour cette magnifique petite chienne!

CHAPITRE QUATRE

Mme Daigle resta le temps nécessaire pour voir si Rosalie arrivait à nourrir Babette. Avant de partir, elle la félicita :

— Bravo! Babette va faire de gros progrès, maintenant qu'elle est avec toi.

Rosalie savait que « faire de gros progrès » signifiait prendre du poids et grandir en bonne santé. Vivre, autrement dit. Elle regarda Babette qui était couchée sur une grosse serviette de bain, sur ses genoux. Son ventre tout rond était rempli de lait, et elle dormait profondément, roulée en boule.

— Babette, chuchota Rosalie.

Le chiot remua ses petites oreilles. Une fois de plus, Rosalie sentit son cœur fondre de tendresse. Ce petit être avait tant besoin d'elle!

Quand Mme Daigle fut partie, Mme Fortin monta à l'étage pour travailler sur un article. Rosalie s'assit sur le canapé avec Babette sur les genoux. Elle regarda la poitrine du chiot se soulever au rythme de sa respiration. Parfois, il y avait une pause entre deux respirations et, chaque fois, Rosalie sentait son cœur se serrer. Et si Babette cessait de respirer? Mais Babette se tortillait un peu, grognait un peu, puis se remettait à respirer régulièrement.

Au bout d'un moment, Rosalie eut le pied engourdi. Elle changea de position. Babette se réveilla et commença aussitôt à gémir. Elle grimpa sur le chemisier de Rosalie, en miaulant comme un chaton et en agitant sa tête de droite et de gauche, comme si elle cherchait quelque chose.

J'ai faim! J'ai faim!

Rosalie comprit qu'elle *cherchait* quelque chose. Quelque chose à manger!

— Maman! appela Rosalie. Babette a faim.

Mme Fortin descendit au rez-de-chaussée et aida Rosalie à réchauffer le lait maternisé, puis à en remplir un biberon. Rosalie approcha la tétine de la bouche de Babette. Elle l'attrapa aussitôt et vida la bouteille d'un seul trait. Puis elle bâilla et commença à se rouler en boule sur les genoux de Rosalie. Rosalie la déposa dans sa boîte et installa la lampe pour qu'elle soit au chaud.

— Tu vas dormir ici, le temps que je m'occupe de certaines choses, dit-elle.

Elle devait emballer les chaussettes qu'elle allait offrir à Maria. Et puis sa mère lui avait demandé plusieurs fois de ranger sa chambre qui en avait grand besoin. Elle devait admettre qu'elle avait pris du retard ces derniers temps. Elle avait des devoirs à faire, mais elle ne savait plus où elle avait mis son sac d'école. Un bon ménage s'imposait!

Mais Babette n'était pas contente d'être dans sa boîte. Dès que Rosalie s'éloigna d'un pas, elle se réveilla et se mit à pleurer. Rosalie revint sur ses pas et, du bout du doigt, lui flatta la tête jusqu'à ce qu'elle se soit calmée. Rosalie s'étonnait encore de la voir si minuscule. Sa tête n'était pas plus grosse qu'une balle de golf. Babette finit par fermer les yeux, et sa respiration ralentit. Rosalie cessa de la flatter et se remit debout. Aussitôt, la petite chienne ouvrit les yeux, bâilla, puis commença à geindre. Elle se remit sur ses pattes et essaya de sortir de sa boîte en pleurant à fendre l'âme.

Toute seule! Je suis toute seule! S'il te plaît, ne me laisse pas toute seule!

— Oh Babette! dit Rosalie, en soupirant de découragement.

Elle prit la petite chienne dans sa boîte, la serra contre elle et se dirigea vers le canapé. Babette cessa de pleurer, mais son cœur battait à tout rompre, un peu comme les ailes d'un colibri.

Rosalie s'assit, en prenant soin de s'installer plus confortablement cette fois-ci, car elle savait que Babette ne la laisserait pas bouger ni s'en aller. Tout le reste de l'après-midi, elle s'occupa de Babette. Et Babette dormit, se réveilla, pleura et mangea, puis pleura encore, se rendormit et mangea encore.

— Tu sembles épuisée, dit Mme Fortin en arrivant en bas pour voir comment allaient Rosalie et sa petite protégée.

— Elle ne veut pas me laisser m'éloigner, même pour une seconde.

Rosalie sentit sa gorge se serrer, encore une fois, et les larmes lui montèrent aux yeux.

— J'ai peur qu'elle meure si je ne suis pas avec elle tout le temps, dit-elle. Elle est si petite! J'ai l'impression qu'il pourrait lui arriver malheur.

— Je comprends, dit Mme Fortin en hochant la tête et en s'asseyant sur le canapé, à côté de Rosalie. Tu sais pourquoi? Parce que c'est exactement ce que j'ai ressenti quand je t'ai ramenée de l'hôpital après ta naissance.

— C'est vrai? dit Rosalie en regardant sa mère d'un air étonné.

Mme Fortin sourit et dégagea les cheveux du front de Rosalie.

— Tout à fait vrai, répondit Mme Fortin. Ton père se sentait d'attaque, mais moi, j'étais paniquée. Je me sentais dépassée par cette responsabilité. J'étais là, pratiquement toute seule avec cette petite créature qui ne pouvait pas survivre sans mes soins!

— Mais j'ai survécu, dit Rosalie en s'appuyant contre sa mère.

— Et Babette en fera autant, dit Mme Fortin. N'oublie pas que tu n'es pas seule dans cette aventure. Ton père et moi allons en prendre soin pendant la nuit et toi, tu pourras dormir. Et je sais que Charles veut aider aussi.

— J'ai réfléchi à ce qu'il pourrait faire, dit Rosalie. Quand il rentrera avec papa, il pourrait s'occuper de tenir Biscuit et le Haricot à l'écart de Babette. Mme Daigle a dit que nous devions les tenir éloignés, sinon ils pourraient lui faire mal par accident.

— Bonne idée, dit Mme Fortin. Veux-tu que je la prenne pour un moment?

— Non, ça va aller, dit Rosalie.

Malgré son épuisement, Rosalie sentait que son attachement envers Babette était très particulier. Elle n'avait jamais ressenti cela avec les autres chiots que sa famille avait accueillis. Sauf quand elle dormait, Rosalie voulait passer tout son temps avec la petite chienne.

CHAPITRE CINQ

Le lendemain, assise à son pupitre, Rosalie n'arrêtait pas de bâiller.

— Tu sembles épuisée, chuchota Maria qui était assise à côté d'elle.

Rosalie esquissa un sourire. Vingt-quatre heures plus tôt, sa mère lui avait dit exactement la même chose et, depuis, elle avait l'impression de ne pas avoir dormi une seule minute. Elle était vraiment très fatiguée. S'occuper de Babette était exténuant. Sa mère et son père s'en occupaient pendant la nuit. Mais Rosalie se réveillait chaque fois qu'elle entendait Babette pleurer. Elle avait fini par aider à la nourrir plusieurs fois durant la nuit.

Elle n'avait pas parlé de Babette à Maria. Si le chiot mourait, Maria n'avait pas besoin de l'apprendre le jour de son anniversaire. Il était difficile de ne pas confier ce grand secret à sa meilleure amie, mais c'était préférable ainsi.

En avant de la classe, Mme Hamel se leva.

— C'est l'heure! dit-elle. Vous pouvez ranger vos cahiers et vous préparer pour la récréation. Demain, nous reprendrons notre travail sur le texte argumentatif.

Rosalie déposa son stylo et soupira. Elle devait écrire un texte d'une page dans lequel il fallait convaincre les autres d'adhérer à son opinion. Quand tous les élèves auraient fini leurs textes, ils les liraient à voix haute. Elle avait choisi comme sujet : « Le chien, le meilleur ami de l'homme ». Elle avait une longue liste d'arguments, mais elle trouvait l'exercice d'écriture fastidieux.

Qui avait encore besoin de se faire convaincre que les chiens étaient fantastiques? Tout le monde le savait! Rosalie bâilla encore une fois. Peut-être devrait-elle changer de sujet?

— Les enfants! Vous pouvez aller dehors si vous voulez, dit Mme Hamel en regardant le ciel gris et le crachin par la fenêtre. Mais vous pouvez aussi rester dans la classe pour la récréation, si vous préférez.

Rosalie préférait nettement rester à l'intérieur. Aujourd'hui, elle n'avait pas la force de jouer au kickball sous la pluie et dans la boue. Et puis, elle voulait donner son cadeau à Maria. Elle plongea la main dans son pupitre et en sortit les chaussettes qui étaient encore dans le sachet du magasin.

— Joyeux anniversaire! s'écria-t-elle en tendant le paquet à Maria. Désolée si elles ne sont pas joliment emballées. J'ai été pas mal occupée.

42

Maria ouvrit le sachet et, avec un grand sourire, elle en retira les chaussettes.

— Elles sont très cool! Merci! dit-elle en les posant sur son pupitre. Maintenant, raconte-moi donc ce qui se passe.

Rosalie s'attendait à cette question. Comme elle ne voulait pas confier son secret à sa meilleure amie, elle avait une autre histoire en réserve. Une histoire très intéressante.

— Il se passe quelque chose de mystérieux chez nos voisins, dit-elle. Quelque chose de vraiment étrange.

— C'est vrai? fit Maria, tout de suite intéressée. Et quoi donc?

— Eh bien! Cette nuit, je me suis réveillée à 4 h 30, et j'ai vu de la lumière dans la maison d'à côté, expliqua Rosalie. Tu sais, chez les Schneider... Ils ont déménagé le mois dernier, et les nouveaux propriétaires viennent d'emménager.

J'ai vu une personne se déplacer dans leur cuisine. Elle a sorti un plat du four, a mis la table et s'est assise pour manger. Peu après, les stores se sont fermés et les lumières se sont éteintes, d'abord en bas, puis à l'étage.

— Hum! dit Maria. On dirait qu'ils font tout à l'envers. Ils mangent au petit matin, puis ils vont se coucher.

— Exactement! approuva Rosalie. Mais je me demande bien pourquoi.

Maria sembla encore plus intéressée.

— Si c'était la fin de semaine, je pourrais aller coucher chez toi, dit-elle. Nous pourrions rester éveillées toute la nuit pour les espionner.

Récemment, Rosalie et Maria avaient lu *Harriet l'espionne* et elles songeaient à devenir elles-mêmes des détectives privées. Rosalie avait acheté un calepin (avec la photo d'un colley sur la couverture) pour prendre des notes, et Maria avait demandé une lampe de poche comme cadeau d'anniversaire.

— Dommage! gémit Rosalie (tout en se disant que c'était tant mieux si Maria ne pouvait pas rester coucher, sinon le secret de Babette aurait été éventé). Mais je vais garder l'œil ouvert et je te raconterai la suite.

Ce jour-là, en ouvrant la porte au retour de l'école, Rosalie eut un serrement au cœur. Babette avait-elle tenu le coup? La maison était silencieuse. Où donc était la petite chienne? Biscuit vint en courant la retrouver dans l'entrée.

Mais avant même qu'elle ait eu le temps de lui frotter les oreilles et de lui dire bonjour, il fonça vers le salon.

— Maman? appela Rosalie.

— Je suis ici! dit Mme Fortin.

Elle était dans le salon, avec Babette sur les genoux, et elle semblait très fatiguée. Biscuit, incapable de rester tranquille, se promenait dans la pièce. Puis il geignit un peu, posa la patte sur le canapé et tenta de s'approcher de Babette.

— Non, Biscuit! dit Mme Fortin en soupirant. La journée a été longue, crois-moi, Rosalie. Babette a pleuré presque tout le temps, et il fallait sans cesse que j'intervienne pour empêcher Biscuit de s'en approcher. En ce moment, ton père fait une sieste afin de pouvoir rester éveillé pour le premier quart de nuit.

— Mais Babette semble bien aller! s'exclama Rosalie en prenant le chiot. Regarde! Je crois qu'elle a trois nouvelles petites taches.

Mme Daigle leur avait expliqué que, en grandissant, Babette aurait de plus en plus de ces petites taches rousses. Rosalie embrassa la petite bedaine ronde et douce du chiot.

— Ça se voit qu'elle a bien mangé aujourd'hui, poursuivit-elle.

Rosalie se dit que Babette avait dû prendre presque une livre depuis qu'elle l'avait vue pour la première fois.

— En effet, dit Mme Fortin. Je crois vraiment qu'elle va s'en sortir.

— Moi aussi, déclara Rosalie d'un ton affirmatif, même si elle n'en était pas encore tout à fait convaincue.

Babette était le plus jeune de tous les chiots déjà accueillis par les Fortin et elle avait besoin de tant de soins! Rosalie était fatiguée, et sa mère et son père aussi. Combien de temps seraient-ils capables de donner à Babette toute l'attention qu'il lui fallait?

Un peu plus tard, Rosalie tenait Babette dans ses bras tandis que Mme Fortin préparait une bouillie. Charles était rentré depuis peu et faisait de son mieux pour tenir Biscuit à l'écart en détournant son attention avec des jouets et des gâteries. Mais on aurait dit que Biscuit était attiré vers Babette comme par un aimant. Quand la bouillie fut prête, Rosalie emmena la petite chienne dans la cuisine pour la faire manger. Biscuit les talonna de près.

— Charles! cria Rosalie. Viens chercher Biscuit!

Babette mangea goulûment.

— Elle aime ça, constata Rosalie.

— Bien! dit Mme Fortin. Plus elle mangera de cette bouillie, moins nous aurons de biberons à lui donner.

— Et mieux elle dormira, dit Rosalie en levant ses deux mains et en croisant les doigts. En tout cas, espérons-le!

Mais les pleurs de Babette réveillèrent Rosalie tout au long de la nuit. Même l'estomac plein, Babette semblait avoir besoin qu'on la prenne chaque fois qu'elle se réveillait. M. et Mme Fortin n'arrêtaient pas de dire à Rosalie de ne pas se lever. Mais comment aurait-elle pu dormir, alors que Babette avait besoin d'elle?

Finalement, à 5 h du matin, Rosalie décida de rester debout pour de bon. Elle transporta la boîte de Babette au rez-de-chaussée. Tandis qu'elle était dans la cuisine, en train de préparer la bouillie, elle vit la porte des voisins s'ouvrir. Toutes les lumières de la maison étaient allumées. Une fillette avec de longs cheveux noirs sortit sur le perron. Rosalie la regarda, tout étonnée. Une fille de son âge avait emménagé à côté? Une fille qui restait debout toute la nuit et qui dormait le jour? De plus en plus étrange!

Pendant un instant, Rosalie songea à courir à l'étage pour prendre son calepin de détective. Mais elle se dit qu'elle était trop fatiguée pour prendre des notes. Il était bien plus simple d'aller voir directement dehors. Elle prit Babette dans ses bras, ouvrit la porte d'entrée et sortit sur le perron.

La fillette d'à côté l'aperçut. Elle la salua de la main, puis lui fit signe d'attendre une minute en levant le doigt en l'air. Et elle disparut à l'intérieur.

CHAPITRE SIX

La fillette revint sur le perron. Elle tenait le plat à lasagnes de Mme Fortin. Elle portait un pyjama, une robe de chambre et des pantoufles. Elle traversa l'entrée de garage, le plat à la main. Quand elle fut plus proche, Rosalie s'aperçut que ce n'était pas une fillette, mais une adulte : une Asiatique de très petite taille, avec de longs cheveux noirs. Rosalie était déçue. Elle qui croyait avoir une nouvelle amie juste à côté!

La dame sourit timidement et lui tendit le plat, tout propre et bien lavé.

— Ce sont les meilleures lasagnes que j'ai mangées de toute ma vie, dit-elle. J'en ai mangé une grosse portion et j'ai mis le reste au congélateur pour plus tard. Tu remercieras ta maman de ma part. L'as-tu aidée à les préparer?

— C'est la recette de maman, répondit Rosalie en hochant la tête. Mais je l'aide très souvent à les préparer. Je pourrais même les faire toute seule.

— Je m'appelle Tina Wu, dit la voisine en lui tendant la main.

— Et moi, Rosalie Fortin, dit Rosalie en dégageant une de ses mains pour la tendre à Tina. Et voici Babette.

— Je ne l'avais même pas vue! s'exclama Tina, vraiment surprise. Ce chiot est minuscule. Ce doit être un nouveau-né. Le beau chien roux que j'ai vu dans ta cour, est-ce sa maman?

— Non! dit Rosalie en riant. C'est Biscuit, notre chien à nous. Il est très intéressé par Babette. Mais nous devons l'en tenir éloigné, car elle est trop jeune et il pourrait lui faire mal par accident. Babette est en famille d'accueil chez nous. Elle n'a que quatre semaines. Sa maman est très malade, alors nous devons en prendre soin à sa place et la nourrir avec un biberon.

— Ce ne doit pas être facile, répliqua Tina.

— En effet, dit Rosalie. Mais je suis contente de le faire. C'est toute une expérience! Nous avons souvent accueilli des chiots, mais jamais un nouveau-né.

Tina s'assit sur les marches du perron des Fortin.

— Puis-je la prendre une seconde? demanda-t-elle. Je n'ai jamais tenu un aussi petit chiot. Je ne suis même pas sûre d'avoir déjà vu un aussi petit chiot.

Rosalie lui tendit délicatement Babette.

— Elle a sommeil, car elle vient de manger, dit Rosalie en s'étirant et en bâillant.

— Tu as l'air d'avoir sommeil toi aussi, dit Tina en prenant Babette au creux de ses mains et en se penchant pour frotter son nez contre la petite tête. Oh! Son poil est si doux! Elle est adorable.

— Elle serait encore plus adorable si elle voulait bien dormir toute la nuit, ajouta Rosalie. Elle pleure tout le temps. Elle se sent seule, je crois.

Elle expliqua à Tina que les frères de Babette étaient morts.

— La pauvre petite! s'écria Tina. Ils doivent tant lui manquer! J'imagine la bande de petits chiots blottis contre leur maman. Ce ne doit pas être facile pour des humains de recréer cette ambiance de chaleur et de protection.

Puis elle se retourna vers le soleil qui se levait.

— Le voilà! dit-elle. Aimes-tu regarder le soleil se lever?

— Je n'ai pas souvent la chance de voir ça, répondit Rosalie en éclatant de rire. D'habitude, je dors. Mais j'aime beaucoup les couchers de soleil.

— Je ne vois pas souvent le soleil, dit Tina. Je travaille pour une entreprise en Chine; avec le décalage de 12 heures d'avance sur nous, je passe donc toute la nuit à échanger des courriels dans mon bureau, à la maison. Puis je prends un repas autour de 5 heures du matin et je me couche peu après le lever du soleil.

Elle rit en haussant les épaules.

— Je sais, c'est bizarre, poursuivit-elle. Mais j'y suis habituée.

Le mystère était donc résolu. Rosalie avait hâte de l'annoncer à Maria. La réponse était si simple! Elle se dit alors que Tina devait être bien solitaire, à vivre avec un horaire tout à l'envers.

— Les fins de semaine, quand je serai bien installée, je compte passer du temps avec mes neveux et nièces, dit Tina, comme si elle avait lu dans les pensées de Rosalie. Plusieurs d'entre eux vivent ici, à Saint-Jean. J'ai déménagé ici pour cette raison. Je voulais me rapprocher d'eux.

Dans les bras de Tina, Babette ouvrit les yeux et regarda cette inconnue d'un air surpris.

Qui es-tu?

Tina la regarda avec un sourire.

— Tout va bien, ma puce, murmura-t-elle.

Et Babette referma les yeux, se blottit contre Tina et se rendormit.

— Un jour, j'aurai peut-être des enfants, dit Tina, comme si elle réfléchissait à voix haute. J'ai pensé à l'adoption. Mais je ne suis pas sûre de vouloir être une mère monoparentale. C'est une très grosse responsabilité.

— Mon frère Adam est adopté, dit Rosalie. Je me souviens à peine de l'époque où il ne vivait pas encore avec nous. C'est comme si le Haricot avait toujours fait partie de la famille.

— Le Haricot? s'étonna Tina. Très rigolo comme surnom.

Rosalie raconta à Tina que prendre soin de Babette l'effrayait, au début.

— C'est une grosse responsabilité, avoua-t-elle. Et je m'inquiète encore, par moments, comme quand elle n'arrête pas de pleurer.

— Sa maman et ses frères doivent lui manquer, dit Tina. Elle doit se sentir toute seule au monde.

Rosalie sourit à Tina. Elle aimait être assise sur les marches du perron, à parler avec cette nouvelle venue tandis que le reste du voisinage commençait à se réveiller. Tina était très amicale. Rosalie se dit que, finalement, elle aurait peut-être une nouvelle amie juste à côté. Mais ce devait être l'heure de se préparer pour partir à l'école.

— Je dois rentrer, dit Rosalie en se levant. Aimeriez-vous rencontrer le reste de la famille?

— Pas maintenant, dit Tina en secouant la tête. Je suis en pyjama. Je reviendrai plus tard pour saluer tout le monde.

Elle rendit Babette à Rosalie, en l'embrassant une dernière fois sur la tête.

— Ravie de t'avoir rencontrée, Babette, murmura-t-elle. Et toi aussi, Rosalie.

Puis elle se retourna et rentra chez elle.

Rosalie regarda Babette qui était blottie dans ses bras.

— Hé, ma cocotte! dit-elle doucement. Tu as bu tout un biberon avant de sortir sur le perron. Je parie que tu as besoin de faire pipi.

Elle déposa le chiot dans le gazon. Babette prit quelques secondes pour se réveiller et se remettre sur ses pattes. Puis elle se mit à trottiner en direction du pommier. Elle renifla l'air tout en traversant la pelouse.

Bonjour, le monde!

Elle se déplaçait étonnamment vite sur ses petites pattes. Rosalie adorait voir sa petite queue dressée en l'air.

Puis Babette s'accroupit et fit pipi.

— Bon chien! dit Rosalie en applaudissant pour la féliciter. Ton premier jour dehors, comme une grande fille! Tu es vraiment un très, très bon chien!

Elle reprit Babette dans ses bras et l'emmena dans la maison. Elle fut surprise de voir que personne d'autre n'était debout. Elle vérifia l'heure et s'aperçut qu'il était encore trop tôt. Dans la cuisine, elle déposa Babette dans sa boîte, le temps de se préparer un bol de céréales et de faire chauffer plus de lait.

Et là, dans sa boîte, Babette s'accroupit et refit pipi.

CHAPITRE SEPT

— Oh, Babette! s'exclama Rosalie, découragée. Tu viens juste de faire pipi dehors!

Rosalie savait que Babette ne pouvait pas se retenir. C'est ce que les chiots font parfois. Quand ils ont envie de pipi, ils doivent le faire tout de suite. Mais maintenant, la boîte de Babette était dégoûtante. Au fond, le journal était trempé et, comme il y avait eu plusieurs autres pipis et d'autres dégâts, le carton sentait mauvais et commençait à se décomposer.

— Je crois qu'il est temps de changer ta boîte, dit Rosalie.

Elle prit Babette et la cala entre deux coussins sur le canapé, avec un oreiller devant pour qu'elle ne puisse pas descendre.

— Heureusement, il ne te reste plus une goutte de pipi, dit-elle en lui flattant la tête.

Babette la regarda d'un air innocent.

Pipi? Moi?

— Je reviens tout de suite, dit Rosalie. Je vais vite chercher une nouvelle boîte dans le garage.

Les pleurs recommencèrent avant même que Rosalie ait franchi le seuil de la porte. Babette geignait à fendre l'âme! Rosalie savait qu'elle pleurait à cause de ses frères qui lui manquaient.

Elle fonça vers le garage. Elle regarda un peu partout afin de trouver une boîte qui convienne : assez grande pour que Babette ait un coin pour dormir et un autre pour faire ses besoins, mais assez petite pour qu'elle ne se sente pas perdue dans trop d'espace.

Quand elle rentra dans la cuisine, la maison était silencieuse. Babette ne pleurait plus. Rosalie soupira de soulagement. Babette s'était peut-être endormie sur le canapé ou bien elle commençait à apprendre à rester toute seule. En tout cas, la bonne nouvelle, c'était qu'elle ne pleurait pas. Rosalie profita de l'occasion pour enfin se servir un bol de céréales et faire chauffer un peu de lait maternisé. Elle s'affaira dans la cuisine silencieuse. Les rayons du soleil commençaient à entrer par les fenêtres.

Puis elle s'arrêta pour écouter. Babette ne faisait toujours aucun bruit. Cinq minutes toute seule sans pleurer : un véritable record! Quelque chose clochait. Rosalie sentit sa gorge se serrer. Elle attrapa le biberon qu'elle venait de réchauffer et se précipita dans le salon.

— Oh non! s'exclama-t-elle en fonçant vers le canapé. Biscuit, non! Méchant chien!

Biscuit était couché sur le canapé, à côté de Babette. Il avait posé une patte sur le dos du chiot et il lui léchait la face.

Rosalie prit Biscuit et le remit par terre.

— Tu ne dois pas t'approcher d'elle! dit-elle d'un ton sévère. Et tu le sais très bien!

Babette se remit à pleurer.

Rosalie s'assit sur le canapé et prit Babette dans ses bras.

— Tout va bien, ma puce, chuchota-t-elle. Le gros chien-chien ne voulait pas te faire peur.

Babette se calma peu à peu, blottie sur les genoux de Rosalie.

Biscuit regarda Rosalie, les yeux grands ouverts et les oreilles rabattues vers l'arrière. Il leva une patte.

Désolé! Je ne voulais pas mal faire.

Rosalie comprit tout de suite ce que Biscuit tentait de lui dire.

— Je sais que tu ne voulais pas être méchant, dit-elle en tendant la main pour lui flatter la tête.

Biscuit s'approcha et s'appuya contre les genoux de Rosalie. Il lui lécha la main tout en la regardant droit dans les yeux.

— Tu es vraiment gentil, reprit Rosalie. On le sait bien : tu ne ferais pas de mal à une mouche.

Rosalie s'arrêta pour réfléchir. Biscuit était vraiment très doux et gentil. Il était toujours calme et posé quand il était près de Babette, jamais surexcité ni en train de sauter partout. Elle repensa à ce que Tina Wu avait dit : un humain ne pouvait pas recréer la chaleur et le confort donné par un autre chien. Et s'ils avaient eu tort d'empêcher Biscuit d'approcher Babette? Et si la petite chienne s'était mise à pleurer justement parce que Rosalie avait chassé Biscuit du canapé? Peut-être que la compagnie d'un autre chien était justement ce qu'il lui fallait.

Rosalie prit sa décision.

— Biscuit, viens ici, dit-elle en tapotant le canapé à côté d'elle.

Pourquoi ne pas le vérifier tout de suite, pendant qu'elle était là pour les surveiller? Biscuit s'empressa de monter sur le canapé.

— Tu me promets d'être un bon gentil chien? demanda Rosalie en le regardant droit dans ses beaux yeux bruns.

Biscuit ne détourna pas le regard. Ses oreilles se dressèrent et il battit de la queue.

Tu peux me demander tout ce que tu voudras : j'obéirai.

— Couché, Biscuit, dit Rosalie.

Biscuit obéit et se roula en boule sur le canapé. Rosalie déposa Babette à côté de lui. Aussitôt,

Babette se pressa contre le flanc de Biscuit. Elle soupira de satisfaction et se colla encore plus près. Biscuit lui donna un petit coup de langue sur la tête, puis regarda Rosalie.

Ça te va, comme ça?

— Très bien, Biscuit, dit Rosalie. Bon chien!
Elle se sentit fondre de tendresse. Elle le caressa. Biscuit n'était qu'un jeune chien, mais qu'importe : il pouvait jouer un rôle de mère envers Babette. Rosalie se rappela les photos qu'elle avait reçues un jour, par courriel, d'un gros chien brun qui prenait soin d'un jeune faon. Les animaux peuvent devenir des parents adoptifs, tout comme les humains.

M. et Mme Fortin furent très surpris de voir Biscuit et Babette ensemble, en arrivant au rez-de-chaussée. Rosalie leur expliqua aussitôt toute l'histoire : sa rencontre avec leur nouvelle voisine,

Tina, et son idée de laisser Biscuit chouchouter Babette.

— D^re Demers arrive toujours très tôt à sa clinique, dit Mme Fortin en jetant un coup d'œil à l'horloge murale. Je vais l'appeler pour lui demander si c'est bien de le laisser faire.

M. Fortin s'assit à côté de Rosalie.

— Ils semblent si heureux ensemble, dit-il. Qui aurait pu penser que Biscuit pourrait faire une bonne maman?

Quelques minutes plus tard, Mme Fortin revint dans le salon.

— D^re Demers dit qu'il n'y a pas de problème, leur expliqua-t-elle. Elle a dit que Mme Daigle avait eu raison de nous avertir qu'un chiot nouveau-né devait être tenu à l'écart des chiens plus âgés. Mais Biscuit est si gentil! Et comme il est en bonne santé, il n'y a pas de risque de contagion. D^re Demers pense que c'est une très bonne idée. Moi aussi. Ma journée va beaucoup mieux se passer si je ne suis pas continuellement obligée d'éloigner Biscuit. Et Babette semble beaucoup plus calme, blottie contre lui.

Mme Fortin s'approcha et posa la main sur l'épaule de Rosalie.

— Bonne idée, Rosalie, dit-elle.

Rosalie eut tout juste le temps de trouver une autre boîte pour Babette avant de partir pour l'école. Il fallait qu'elle soit assez grande pour que Biscuit puisse aussi tenir dedans. Une heure plus tard, elle était assise en classe et travaillait avec entrain sur un nouveau sujet génial pour son texte argumentatif.

CHAPITRE HUIT

Rosalie posa son crayon et secoua la main. Elle sourit en regardant la feuille de papier sur son pupitre. Elle était satisfaite de son nouveau texte argumentatif. Et elle l'avait fini juste à temps : demain, tout le monde allait lire son texte à voix haute, devant toute la classe.

— C'est sur quoi? chuchota Maria, assise au pupitre voisin.

Le sujet de Maria était : « L'équitation, un sport pour tous ». L'idée lui était venue à cause d'un programme spécial offert à l'écurie où elle prenait des leçons. Avec l'aide de bénévoles bien formés, des enfants handicapés et pouvant à peine marcher apprenaient à monter.

— C'est une surprise, dit Rosalie, d'un ton mystérieux.

Maintenant, elle était presque certaine que Babette allait s'en sortir. Mais elle n'était pas encore prête à dévoiler son secret à Maria. Elle préférait attendre d'être sûre à cent pour cent que Babette allait survivre. Elle s'étira et bâilla. Elle était si fatiguée de prendre soin de Babette! Accueillir un chiot nouveau-né demandait beaucoup plus de travail que prévu. Et il faudrait peut-être encore des semaines avant que Babette soit assez grande et forte pour aller dans sa nouvelle famille.

Néanmoins, Rosalie réussit à tenir toute la journée sans s'endormir sur son pupitre. Elle emporta son texte chez elle afin de s'exercer à le lire à voix haute. Heureusement, cela ne la dérangeait pas du tout de parler devant toute la classe. Elle se rappela l'an dernier, quand Béatrice s'était mise à pleurer en faisant son exposé sur la planète Neptune. Ça ne lui arriverait jamais, à elle! Néanmoins, il était toujours préférable de répéter devant un auditoire.

Quand Rosalie ouvrit la porte d'entrée, elle sentit un changement. Quoi donc? Puis elle comprit : pour la première fois de sa vie, Biscuit n'était pas accouru pour la saluer. Pas de bisous de chien, pas de grands sauts de joie, pas de queue qui remue.

— Biscuit? appela-t-elle. Maman?

Où étaient-ils tous passés? Était-il arrivé quelque chose à Babette? Rosalie sentit un petit frisson de frayeur la parcourir.

— Nous sommes à l'étage, dit Mme Fortin, depuis son bureau.

Rosalie se précipita dans les escaliers, puis courut dans le couloir. Mme Fortin était assise à sa table de travail. Par terre, à ses pieds, Biscuit et Babette étaient blottis ensemble dans la nouvelle boîte de carton. Mme Fortin sourit à Rosalie.

— Bonjour, ma chouette, dit-elle. Regarde-les. Ils sont si heureux ensemble! Biscuit ne l'a pas quittée de toute la journée.

Biscuit ouvrit un œil et regarda Rosalie. Il battit de la queue.

Tu vois comme je fais bien ça!

Le bruit que faisait sa queue réveilla Babette. Elle étira une de ses petites pattes et bâilla.

Est-ce que c'est l'heure de manger?

Rosalie s'assit à côté de la boîte pour flatter les deux chiots.

— Bon chien, Biscuit, dit-elle. Tu sais prendre soin de Babette. (Du bout du doigt, elle flatta le ventre du chiot.) A-t-elle beaucoup mangé aujourd'hui? Son ventre est tout rond.

— Oui, elle a mangé beaucoup de bouillie, dit Mme Fortin. Je n'ai eu à lui donner qu'un seul biberon.

— Bravo, Babette! dit Rosalie en flattant son poil si doux.

Elle souleva délicatement Babette. Elle grandissait, c'était certain. Rosalie était sûre qu'elle pesait plus lourd que ce matin. Soudain, elle sentit toutes ses craintes s'évanouir. Grâce à Biscuit, Babette allait s'en sortir. Biscuit se leva et posa sa tête sur les genoux de Rosalie afin de se rapprocher de Babette. Rosalie lui flatta la tête.

— Maman, puis-je te lire mon texte argumentatif? demanda-t-elle.

— Bien sûr! dit Mme Fortin. Je viens de terminer mon travail et je n'irai pas chercher le Haricot à sa garderie avant une bonne heure.

Mme Fortin appuya sur quelques touches de son ordinateur et le mit en veille.

Rosalie remit Babette dans sa boîte, puis retira son texte de son sac d'école. Elle avait hâte de le lire à sa mère! Mais d'abord, elle devait se préparer. Elle s'éclaircit la voix, redressa le dos comme Mme Hamel le leur avait enseigné et inspira profondément.

— Alors... Le titre est...

La porte d'entrée claqua.

— Où est passé tout le monde? cria Charles depuis le rez-de-chaussée. Comment va Babette? Où est Biscuit?

Rosalie soupira, exaspérée. Ces derniers temps, Charles revenait de l'école avec son ami Sammy, son meilleur ami qui habitait la maison voisine. Ils aimaient faire des détours et explorer chaque jour un nouveau coin du quartier. Charles arrivait donc à la maison toujours plus tard que Rosalie.

— Nous sommes tous en haut, dit Mme Fortin. Babette va bien. Il y a des pommes dans un plat, sur le comptoir.

Rosalie entendit Charles se diriger vers la cuisine. Elle reprit son texte. Elle s'éclaircit la voix, redressa le dos et inspira profondément. Elle était prête pour la lecture.

— Comme je le disais, le sujet est...

On sonna à la porte.

Rosalie faillit se fâcher. Allait-elle enfin pouvoir lire son texte?

— Qui est-ce donc? dit Mme Fortin.

Elle se leva et se dirigea vers l'escalier. Rosalie la suivit. Tina Wu était à la porte.

— Bonsoir! Vous devez être Mme Fortin, dit-elle. Rosalie et moi avons fait connaissance ce matin. Je voulais me présenter : Tina Wu, votre

75

nouvelle voisine. Merci infiniment pour vos délicieuses lasagnes.

— Mais entrez donc, dit Mme Fortin. Rosalie m'a expliqué que vous aviez un drôle d'horaire, alors je vous dirai « bonjour » plutôt que « bonsoir ». Vous vous êtes levée très tôt, aujourd'hui.

Rosalie sourit, malgré son impatience. Elle était contente de revoir Tina. Sauf que maintenant, elle allait devoir attendre encore avant de pouvoir lire son texte et elle voulait vraiment que sa mère l'entende.

— Rosalie allait me lire un texte qu'elle a écrit, expliqua Mme Fortin, qui semblait l'avoir remarqué. Elle aimerait peut-être avoir un auditoire de plus d'une personne?

— Je serais ravie de l'écouter, dit Tina.

Rosalie courut à l'étage pour prendre son texte. Elle décida d'amener aussi Babette.

— Viens, Biscuit! dit-elle en le poussant hors de la boîte.

Babette geignit un peu, mais s'arrêta dès que Rosalie la souleva. Il suivit Rosalie jusqu'au rez-de-chaussée.

— Oh! s'exclama Tina en apercevant Babette. Puis-je la prendre? Elle est si mignonne!

Rosalie lui apporta Babette. Tina se mit à la cajoler. Babette semblait parfaitement à l'aise, blottie sur les genoux de Tina. Biscuit s'assit à ses pieds. Il s'appuya contre le canapé et regarda Babette.

Rosalie prit son texte et se plaça devant le foyer. Elle s'éclaircit la voix, redressa le dos et inspira profondément.

— Le titre de mon texte argumentatif est : « N'importe qui peut être une bonne maman ».

CHAPITRE NEUF

Charles entra dans le salon, la bouche encore pleine de pomme. Il s'assit sur le canapé avec sa mère et Tina. Rosalie poursuivit sa lecture.

— Cette semaine, ma famille et moi avons accueilli un chiot nouveau-né. C'est une femelle qui s'appelle Babette. Sa maman, Sissi, est malade, et les frères de Babette sont morts. Babette aurait pu mourir, elle aussi. Mais elle va survivre. En observant notre chien Biscuit, j'ai compris comment nous pouvions la sortir de là.

Rosalie fit une pause afin de donner plus de poids à ce qu'elle dirait ensuite. Elle regarda un à un, droit dans les yeux, chaque membre de son auditoire. Puis elle reprit sa lecture.

— Je m'explique : quand on donne naissance à un petit, on devient automatiquement une maman. Mais il y a d'autres façons de le devenir. Par exemple, on peut adopter un enfant. Une poule peut couver les œufs d'une autre poule. Un chien peut prendre soin d'un faon. Enfin, un chiot peut s'occuper d'un chiot plus jeune que lui.

Rosalie regarda Babette sur les genoux de Tina, puis Biscuit qui ne la lâchait pas des yeux. Une fois de plus, sa gorge se serra. Néanmoins, elle réussit à reprendre sa lecture.

— Être une maman, c'est bien plus que donner naissance à un petit. Être une maman, c'est aimer et prendre soin d'un petit être qui ne pourrait pas survivre autrement.

Rosalie poursuivit sa lecture en l'agrémentant de gestes de la main et d'expressions du visage, comme le leur avait enseigné Mme Hamel.

— En conclusion, si mon jeune chien Biscuit peut devenir une maman, alors tout le monde peut en faire autant. Tout ce qu'il faut, c'est de l'amour.

Rosalie regarda son auditoire composé de Mme Fortin, de Charles et de Tina, puis termina en disant : « Fin ».

Ils applaudirent et la félicitèrent. Rosalie remarqua que Tina sortait un mouchoir de sa poche pour se moucher.

— C'était vraiment magnifique, dit-elle en recommençant à flatter Babette.

Rosalie était impressionnée : son texte avait ému quelqu'un.

— Merci! dit Rosalie.

— Non, c'est moi qui te remercie, répliqua Tina. Tu m'as aidée à prendre une grande décision. Je n'étais pas certaine d'y être prête, mais maintenant, je crois que ça y est. Comme de toute façon je suis debout toute la nuit, je vous offre de prendre soin de Babette pendant ces moments, afin de vous permettre de dormir.

— C'est vrai? interrogea Mme Fortin en se tournant vers Tina. Vous feriez ça pour nous?

— Absolument! dit Tina. Ce ne sera pas très compliqué. Elle pourra rester assise sur mes genoux pendant que je travaillerai à l'ordinateur.

— Et Biscuit? dit Charles, qui était par terre et qui entourait Biscuit de ses bras. Il va avoir de la peine que Babette soit partie, non?

Mme Fortin réfléchit un instant.

— D'habitude, il va se coucher à peu près en même temps que vous deux. Comme il n'entendra pas Babette pleurer au beau milieu de la nuit, il ne se réveillera probablement pas. (Mme Fortin se tourna vers Tina.) Si je vous amène Babette une fois que Biscuit est endormi, il ne devrait pas y avoir de problème.

Rosalie hocha la tête. À dire vrai, elle aimait bien l'idée de ne pas entendre Babette pleurer en pleine nuit. Comme ça, elle allait pouvoir dormir un peu avant de faire sa grande présentation demain, à l'école.

— Je pense que ça devrait marcher, déclara-t-elle.

— Il est presque l'heure de souper, du moins pour nous, dit Mme Fortin en souriant à Tina. Si une soupe aux lentilles en guise de déjeuner peut vous faire plaisir, vous êtes la bienvenue.

Tina sembla d'abord surprise. Puis elle sourit.

— Ce serait parfait, dit-elle. Ainsi, Biscuit et Babette auront l'occasion de mieux me connaître.

Babette resta assise sur les genoux de Tina pendant tout le repas, et Biscuit resta collé à ses pieds. Tina parla aux Fortin de son travail pour une entreprise chinoise, et les Fortin lui parlèrent des autres chiots qu'ils avaient déjà accueillis. Elle apprécia tout particulièrement les histoires que Rosalie et Charles racontèrent au sujet des chiots les plus malcommodes, comme Carlo et Rascal.

Plus tard ce soir-là, juste après s'être mise au lit, Rosalie entendit la porte de la cuisine se refermer. Sa mère emmenait Babette chez Tina. Elle retint son souffle, certaine que Biscuit se mettrait à pleurnicher en comprenant que « son » bébé était parti. Heureusement, la maison resta silencieuse. Rosalie s'endormit en répétant son texte argumentatif, même dans ses rêves.

Très tôt le lendemain, elle se réveilla en sursaut quand Biscuit vint glisser son museau humide et froid sous ses draps. Il geignit un peu et n'arrêta pas d'aller et venir, de la porte de la chambre à son lit, comme s'il cherchait quelque chose.

— Elle n'est pas ici, Biscuit, lui expliqua Rosalie en tapotant sur son matelas pour le faire monter. Babette est bien au chaud et en sécurité chez la voisine. Viens ici et rendors-toi. Le soleil n'est pas encore levé.

Biscuit sauta sur le lit.

— Bien! dit Rosalie. Bon chien!

Elle tira ses couvertures jusque sous son nez et se retourna sur le côté pour se rendormir. Mais Biscuit redescendit du lit et retourna devant la porte tout en regardant Rosalie par-dessus son épaule et en geignant doucement.

— D'accord, d'accord! dit Rosalie.

Elle se leva et alla à la fenêtre. Comme de raison, il y avait de la lumière à côté, chez la voisine. D'une minute à l'autre, Tina allait sortir pour prendre son journal et regarder le lever du soleil, et elle aurait sûrement Babette avec elle. Rosalie décida de sortir avec Biscuit pour aller les rejoindre.

Elle descendit l'escalier sur la pointe des pieds, enfila une veste par-dessus sa robe de nuit et sortit par la porte d'entrée avec Biscuit. Presque en même temps, la porte d'à côté s'ouvrit et Tina sortit sur son perron, avec Babette dans les bras. Rosalie sourit et lui fit un signe de la main. Tina lui rendit son salut, puis elle déposa Babette sur la pelouse.

Quand Biscuit aperçut la petite chienne, il partit la rejoindre au galop, en s'arrêtant juste à temps pour ne pas la renverser ni l'écraser. Il la renifla de partout tout en remuant la queue. Il fit une révérence, les pattes avant allongées par terre et le derrière en l'air, pour lui montrer qu'il voulait jouer avec elle. Puis il bondit dans les airs et, à toute vitesse, il fit trois fois le tour de la pelouse de Tina, en signe de joie.

Je suis si content de te voir!

Finalement, il revint près de Babette et se coucha pour qu'elle puisse se blottir contre lui.

Babette soupira de satisfaction, puis se pelotonna contre le ventre tout chaud de Biscuit.

Je suis contente moi aussi!

— Comment la nuit s'est-elle passée? demanda Rosalie.

— Très très bien! répondit Tina. Elle n'a pas pleuré du tout, du moins tant que je ne m'éloignais pas. Elle a mangé toutes les deux ou trois heures, mais elle a aussi beaucoup dormi.

Tina posa la main sur l'épaule de Rosalie.

— Rosalie, dit-elle, qu'en dirais-tu si je décidais d'adopter Babette? Je l'adore et j'aimerais bien la garder pour toujours.

Rosalie était bouche bée.

— C'est vrai? dit-elle. Ce serait... Ce serait la solution idéale!

En effet, Rosalie s'inquiétait pour Biscuit. Il était devenu très attaché à Babette. Ce serait très dur pour lui, le jour où elle devrait partir dans une nouvelle famille pour toujours. Alors que là, Babette resterait juste à côté.

Rosalie et Tina s'assirent sur le perron tandis que le soleil se levait. Elles parlèrent de Babette qu'elles regarderaient grandir et de Biscuit qui serait ravi d'avoir son petit trésor comme voisine.

Mais quand Rosalie rentra et annonça la grande nouvelle à toute la famille, Mme Fortin secoua la tête.

— Rosalie, dit-elle. Ce n'est pas vraiment à nous de décider de l'endroit où ira vivre Babette.

CHAPITRE DIX

Rosalie était sous le choc.

— Comment ça? dit-elle.

— Je n'ai pas encore eu la chance de t'en parler, expliqua Mme Fortin. Mme Daigle a téléphoné hier soir, quand tu étais couchée. Tu te rappelles ce qu'elle nous a dit au sujet de Sissi, la mère de Babette : elle était très malade. Mais maintenant, elle va un peu mieux. Alexandra, sa maîtresse, va l'amener ici, cet après-midi. Tu pourras les rencontrer toutes les deux en rentrant de l'école. La place de Babette est peut-être auprès de sa maman, maintenant.

— Mais… dit Rosalie, incrédule. Tina est la personne idéale pour adopter Babette. Elles sont si bien ensemble.

— Normalement, Babette appartient encore à Alexandra, dit Mme Fortin d'une voix douce. Il lui revient de décider où Babette ira vivre. Peut-être qu'elle voudra même la garder chez elle…

Ce matin-là, Rosalie partit pour l'école à contrecœur. Elle avait le moral à plat. Pourquoi ce changement? Les Fortin avaient toujours été responsables de trouver le foyer parfait pour chaque chiot qu'ils avaient accueilli.

Mme Fortin avait promis d'expliquer la situation à Tina quand celle-ci ramènerait Babette. Rosalie soupira. Au moins, Biscuit et Babette ne comprendraient pas tout de suite qu'ils allaient être séparés. Et, au moins, Rosalie ne serait pas là pour voir le beau sourire de Tina s'évanouir quand elle apprendrait la triste nouvelle.

Rosalie n'était pas certaine de vouloir lire son texte argumentatif devant toute la classe. Elle avait eu hâte de confier son secret à Maria, maintenant que Babette grandissait bien et que, en plus, on lui avait trouvé un foyer. Mais voilà que ce projet d'adoption ne se réaliserait peut-être pas. Babette allait-elle continuer de bien se porter si elle n'avait plus Biscuit à ses côtés?

Son tour venu, Rosalie décida de faire comme si elle présentait son texte à Alexandra, l'amie de Mme Daigle. Si la maîtresse de Babette l'entendait lire son texte, elle comprendrait qu'on ne pouvait pas séparer Biscuit de Babette.

— Rosalie, à ton tour, dit Mme Hamel quand Tristan eut fini de lire son texte intitulé « Les enfants devraient choisir eux-mêmes l'heure à laquelle ils vont se coucher ».

Rosalie se rendit devant la classe. Son cœur battait très fort. Elle fit face aux élèves et s'éclaircit la voix. Elle redressa le dos et inspira profondément. Puis elle commença sa lecture en s'imaginant qu'elle s'adressait à Alexandra.

— N'importe qui peut être une bonne maman, dit-elle en articulant bien.

Quelques minutes plus tard, c'était terminé. Tout le monde applaudit, y compris Mme Hamel.

— Bravo Rosalie, dit Mme Hamel. Très convaincant!

— C'était super, chuchota Maria quand Rosalie revint à sa place. Je comprends pourquoi tu ne voulais pas me parler de Babette. Je suis contente de savoir qu'elle va vivre.

— Merci, dit Rosalie en esquissant un sourire. Je voulais t'inviter à la maison aujourd'hui, pour te la présenter. Mais maintenant, je ne sais pas si tu auras un jour la chance de la rencontrer.

Elle expliqua à Maria que la vraie propriétaire de Babette viendrait la voir.

Quand Rosalie rentra de l'école, elle aperçut dans l'entrée de garage une auto rouge qu'elle ne connaissait pas. Son cœur se mit à battre plus fort, comme avant de commencer la lecture de son texte en classe. Elle ne supportait pas l'idée de dire au revoir à Babette. Mais elle avait encore plus de peine pour Biscuit. Les deux chiots s'étaient vraiment attachés l'un à l'autre. Qui pourrait ainsi les séparer? Elle avait aussi beaucoup de chagrin pour Tina qui avait fait une place dans son cœur pour Babette. Rosalie prit son courage à deux mains et ouvrit la porte d'entrée. Elle se prépara à encaisser la mauvaise nouvelle.

Finalement, les nouvelles n'étaient pas si mauvaises. Dans le salon, Tina était assise avec Babette sur ses genoux et Biscuit à ses pieds. Elle sourit et salua Rosalie de la main. Mme Fortin et la dame qui était assise à côté d'elle, sur le canapé, firent de même.

— Bonjour! Je m'appelle Alexandra, dit la dame en caressant la jolie chienne cocker blanche et rousse couchée à son côté. Et voici Sissi.

Rosalie lui rendit son sourire. Elle ne comprenait pas pourquoi tout le monde semblait si heureux, mais elle savait qu'elle allait bientôt l'apprendre.

— Puis-je caresser Sissi? demanda-t-elle. Elle est très belle.

— À condition de le faire doucement, dit Alexandra. Elle n'est pas encore tout à fait remise. C'est pourquoi je suis si heureuse d'apprendre que Tina aimerait adopter Babette.

Rosalie sentit son cœur bondir dans sa poitrine.

— C'est vrai? dit-elle.

— Fantastique, n'est-ce pas Rosalie? approuva Mme Fortin, l'air radieux.

— C'est une bonne solution, dit Alexandra. J'en suis convaincue. Je vous suis si reconnaissante d'avoir sauvé Babette! Et je vois bien que Babette et Biscuit vont être amis pour la vie. Quand nous sommes arrivées, Babette était si occupée à jouer avec Biscuit qu'elle a à peine pris le temps de venir sentir Sissi. Heureusement, car Sissi n'aurait pas été prête à s'occuper d'elle aussi bien que Biscuit et vous tous.

— Rosalie a même écrit un texte pour l'école, où elle explique que Biscuit est une très bonne maman, renchérit Mme Fortin. C'est un texte argumentatif. Elle devait le lire devant la classe, aujourd'hui.

— Maman! s'écria Rosalie en se sentant rougir.

— C'est vrai? dit Alexandra. Pourrais-tu le lire encore une fois? J'adorerais l'entendre.

— Moi aussi j'aimerais l'entendre de nouveau, dit Tina. C'était très convaincant. C'est d'ailleurs ce qui m'a décidée à m'occuper de Babette. (Elle regarda la petite chienne en souriant.) Et j'ai une autre grande nouvelle. En prenant soin de

Babette, j'ai compris que j'étais finalement prête à devenir maman. Je songe depuis longtemps à adopter une petite Chinoise et j'ai décidé que le moment était venu. J'ai déposé ma demande d'adoption juste avant de venir ici.

— Génial! s'exclama Rosalie. C'est vrai? Est-ce que je vais pouvoir la garder?

— Bien sûr! dit Tina. Quand vous serez assez grandes toutes les deux.

Rosalie resta sans bouger, rayonnante de bonheur. Finalement, tout se terminait bien. Babette allait grandir dans la maison voisine, Biscuit et elle pourraient rester amis pour toujours et bientôt il y aurait un nouveau bébé, en plus!

— Ton texte! Ton texte! dit Mme Fortin. On veut l'entendre!

Rosalie se plaça devant le foyer. Elle s'éclaircit la voix. Elle redressa le dos et inspira profondément.

— À nos nouvelles voisines, Babette et Tina, déclara-t-elle.

Et elle lut son texte.

EN SAVOIR PLUS SUR LES CHIOTS

Les chiots nouveau-nés grandissent et changent très rapidement. Si tu as la chance d'en avoir un, tu pourrais tenir un journal en notant chaque jour les changements que tu observes, comme le jour où il ouvre les yeux, le jour où il apprend à marcher et se met à explorer la maison, et le jour où il se met à manger de la nourriture solide. Les chiots sont prêts à quitter leur maman quand ils ont entre sept et huit semaines. À cet âge, ils veulent toujours jouer. Ils sont très coquins et mignons à croquer.

Chères lectrices, chers lecteurs,

Mes amis Chris et Kerry ont adopté une petite chienne border colley mélangée. Elle n'avait que deux semaines et elle était toute seule au monde. Ils ont veillé à ce qu'elle ait toujours bien chaud et l'ont nourrie au biberon. Au début, ils n'étaient pas certains qu'elle survive. Mais elle s'en est sortie. Aujourd'hui, c'est une belle chienne en santé qui adore courir et jouer.

Caninement vôtre,
Ellen Miles

P.-S. Si tu as envie de lire l'histoire d'un autre gentil petit chiot, lis MARGOT.

À PROPOS DE L'AUTEURE

Ellen Miles adore écrire des histoires sur les chiens et leurs différentes personnalités. Elle est l'auteure de nombreux livres pour les Éditions Scholastic, dont ceux de la collection *Mission : Adoption*.

Ellen adore faire des activités de plein air tous les jours, que ce soit marcher, faire de la bicyclette, skier ou nager.

Elle aime aussi lire, cuisiner, explorer la région où elle habite et passer du temps avec sa famille et ses amis. Elle habite le Vermont, aux États-Unis.

Si tu aimes les animaux, tu adoreras toutes les merveilleuses histoires de la collection *Mission : Adoption*.